꽃을 보고
"야, 예쁘다!"
이러면 꽃이 좋아요, 내가 좋아요?
내가 좋지요.

내가 꽃을 좋아한다고 해서
'꽃, 너도 나를 좋아해라.'
이렇게 생각하면 안 돼요.

법륜스님의 즉문즉설
오늘의 마음날씨 차차 흐림

1판 1쇄 2009. 7. 10
펴낸이 김정숙
펴낸곳 정토출판
지은이 법륜스님
편집 서예경, 김종희, 강혜연, 김희정, 이성민
디자인 조완철
그림 신희선
등록번호 제22-1008호
등록일자 1996. 5. 17
주소 서울시 서초구 서초3동 1585-16
전화 02-581-0330
인터넷 www.jungto.org
이메일 book@jungto.org
행복한 책방(쇼핑몰) shop.jungto.org

ISBN 978-89-85961-57-8 04810
      978-89-85961-55-4 (전6권)

오늘의 마음날씨 차차 흐림

정토출판

차 례

이 책을 펴내며   06

오늘의 마음날씨 질문들   10

왜 내 가슴이 답답할까요?   13

각오하지 말고 그냥 해보세요   14

양약과 독약   17

행복과 불행, 다 자기가 만든다네   18

마음병 고치기   20

항상 내가 할 뿐   22

내가 지은 인연의 과보   23

참회의 절 수행   24

좋은 일   25

비난이 복이 되는 법   26

제법이 공한 도리를 깨치는 공덕   28

기꺼이 받아들여라   30

간절하게 기도하세요   32

여보, 어떤 일이 있더라도   34

다만 도와 줄 뿐입니다   37

스스로 떳떳해야 합니다   38

자유로운 삶   40

절   42

즉문즉설에 대하여   48

나누는 마음

살아 있다는 것이 행복입니다 김병조   57

인생이 즐거움을 깨닫게 되다 백경임   60

삶에서 살아나는 부처님의 가르침 김용주   62

바로 지금 행복해지는 법

즉문즉설은 법륜스님이 즉문즉설 법회에 참가한 대중들과 직접 고민과 답을 나누며 기뻐했던 현장의 소리들을 활자로 풀어 엮은 것입니다.

각자의 속 깊이 담아 두었던, 그래서 꺼내 놓기도 힘들었던 인생의 무게를 법회 현장에서 풀어 놓는 것은 그것만으로도 마음이 가벼워지는 감동을 줍니다. 또 질문한 사람뿐만 아니라 그 자리에 함께한 사람 자신의 삶도 돌아보게 해줍니다.

그러한 즉문즉설 법회의 생생한 '말'을 '글'로 엮으면서 더러는 정리되고 줄여지기도 하였습니다. 그래서 법륜스님의 말씀을 더욱더 생생하게 듣기를 원하는 독자들의 요청으로 오디오 북을 만들게 되었습니다. 더불어 스님의 답변 중 감동으로 전해지는 스무 편의 사례를 모아 책으로 엮었습니다.

여기에는 지면에 담을 수 없는 공간이 흐릅니다. 마음이 아프거나 답답하거나, 고통스러웠던 인생의 조각조각이 질문자의 입을 통해 전해지면 법륜스님은 때로는 웃으며, 때로는 호통치며, 때로는 따뜻하게 답하십니다. 그리하여 질문자의 마음 깊이 '내가 바로 지금 이곳에서 행복해지는 법'이 새겨집니다.

현장의 감동을 일부분이나마 함께하면 어느새 가벼워진 나를 발견할 수 있을 것입니다.

편집부

「오늘의 마음날씨」

차분하게 돌아보고 들숨날숨 고르기

나도 한 번쯤은 고민해 보았던 삶의 문제,
풀리지 않아 담아 두기만 했던 질문들이 여기에 있습니다.
다음은 두 장의 CD에 담긴 우리들의 인생 고민입니다.

01 아이를 출산하고 몸이 많이 아파서 저 자신에게만 치중하고 살다 보니, 남편과 아이한테 소홀했다는 걸 많이 느낍니다. 때때로 몸 상태가 안 좋으면 불안하고 두려운 마음이 많이 듭니다. 자꾸 몸에 집착하는 생각을 놓고 싶어요.

02 '깨달음의 장'에 다녀온 후로 행복했는데 아이들이 중간고사 성적표를 가지고 오면서 남편과의 관계가 어긋나게 되었습니다. 저는 예전과는 다르게 편안한데 남편이 계속 저를 걸고 넘어지면서 아이들하고 이야기 좀 해 봐라 합니다. 아이들과 남편 사이에서 많이 불편합니다.

03 최근에 절을 하면서 과거에 지나간 일들이 떠오르면 굉장히 부끄럽습니다. 인과가 없어지는 게 아닌데 절을 하거나 지금 착하게 산다고 해서 벗어날 수 있을까 두렵습니다. 모든 걸 다 받을 마음으로 기도해야 하는데 너무 두려워요.

04 저의 종교는 천주교이고 나이는 49세로 지금까지 큰 어려움 없이 잘 살아왔는데 작년에 위암 수술 받고 송사에도 얽히고 여러 가지 악재가 생기는 것 같습니다. 얼마 전 친구 사무실에서 퇴마사라는 사람이 내 몸에 귀신이 둘씩이나 있다고 하면서 당장 귀신을 쫓아내지 않으면 모든 일에 방해를 받는다고 합니다. 과연 귀신이라는 존재가 우리 몸 속에서 공생하면서 살아갈 수 있는지 궁금해서 여쭤봅니다.

01 16년 전에 이혼했는데 저는 남매를 데리고 엄청 고생을 하면서 이때까지 살아 왔어요. 남편이 밉지만 그래도 아이들 아버지고 인제 나이가 드니까 그냥 안쓰 러울뿐 미운 마음도 없습니다. 산뜻하게 유종의 미를 거둘 수 있는 좋은 길로 인도해 주 십시오.

02 고등학생 아들이 학교 폭력으로 많이 다쳐서 참 힘들었습니다. 학교 선생님 말 씀으론 학교생활도 적극적으로 하고 인기도 좋다 하는데 집에 와서는 자신이 이중인격자 같다고 합니다. 얘기를 좀 하려고 하면 가슴을 움켜쥐면서 얼굴이 경직되곤 합니다. 어떻게 도와 줘야 할까요?

03 모든 종교가 다 같은 말을 하는 것 같은데 왜 서로 다른 길을 가는 것처럼 그렇 게 싸우고 대립하는지 이해가 되지 않습니다.

04 저는 한 가지 일을 하면 그 일에만 계속 신경을 씁니다. 책을 읽고 있으면 누가 불러도 듣지 못하곤 합니다. 그만큼 집중하는 게 좋은 것일 수도 있는데 먼저 하던 일 놔두고 다른 것에 집중하다가 나중에 다시 하던 걸 하려고 하면 귀찮습니다.

05 할머니는 제가 뭘 해놓으면 제대로 안 됐다고 다시 하라고 합니다. 할머니하고 우격다짐도 있고 갈등도 생깁니다. 원래 할머니 성격이 그런가 보다 하고 그냥 참았는데 갑자기 욱 하는 성격이 올라와서 제어를 못하고 완전히 폭발했습니다. 이런 성격 어떻게 할까요.

왜 내 가슴이 답답할까요?

꽃을 보고
"야, 예쁘다!" 이러면 꽃이 좋아요, 내가 좋아요?
내가 좋지요.
내가 꽃을 좋아한다고 '꽃, 너도 나를 좋아해라.'
이렇게 생각하면 안 돼요.

남편을 이해하지 못하면 내가 답답하고
남편을 이해하면 내가 답답하지 않습니다.
왜 내 가슴이 답답할까요?
그것은 남편을 이해하지 못하기 때문이에요.

각오하지 말고 그냥 해보세요

아침 5시에 기도하겠다고 마음먹고
'아침에 일어나서 기도해야지.' 해도
실제로 잘 안 되지요?
아침에 몸이 아프다든지
어제 손님이 왔다든지
애한테 급한 일이 생겼다든지
늘 무슨 핑계거리가 생깁니다.

자기 몸이 아프면
'몸이 아픈 상태에서 기도해서 더 아픈 것보다는
오늘 하루 쉬었다가 내일 하는 게 낫겠다.'
이런 식으로 기도 안 할 핑계거리를 만들어 내지요.
이걸 '자기가 자기를 속인다.' 고 해요.
자기도 자기 스스로한테 속는 거예요.

이때 무의식이 교묘하게 기도하지 않을 핑계를 만들도록
용납하지 않는 것이 '대결정심'이에요.
그것은 죽음도 두려워하지 않는 마음입니다.

부처님께서 6년 고행하실 때
마왕이 그 어떤 유혹을 해도 꿈쩍도 하지 않으셨어요.
마왕의 유혹이란 게 무의식의 어떤 속삭임 같은 것이거든요.
늘 마음 한쪽 구석에서 망설임이 속삭이지 않습니까?
그걸 용납하지 말아야 합니다.

5시에 일어나기로 했으면 그냥 일어나 버리세요.
몸이 아파도 일어나고 새벽 3시에 잤어도 일어나세요.
일단 일어나서 1시간 기도하고 또 자더라도
정해진 건 무조건 하는 것입니다.

각오하고 결심하는 게 아니에요.

각오하고 결심하면 100% 집니다.

작심삼일입니다.

의식은 무의식을 이길 수가 없어요.

그러니 그냥 해야 해요.

이유를 조금이라도 붙이면 안 돼요.

'이걸 이겨내야지.' 이런 생각을 내서도 안 돼요.

'이겨야지.' 이런 생각을 내면 못 이겨요.

그냥 해버려야 해요.

손님이 와도 그냥 해버리고

여행을 가도 그냥 해버리고

호텔 방이든 공항에서든

그 시간 되면 그냥 해버리는 거예요.

이렇게 하면 무의식이 장난을 못 칩니다.

양약과 독약

보시를 할 때는 바라는 마음 없이 하세요.
바라는 마음 없이 보시를 해야
나한테 행복이 오는 거예요.

부처님 법은
내가 받아들이면 양약이지만, 남에게 적용하면 독약이 돼요.
그러니까 남에 대해서 왈가왈부 논하지 말라는 말입니다.

내가 열심히 기도해서 내가 변해야 합니다.
내가 변한 것을 보고 다른 사람이 감동을 해서
마음을 내도록 해야 하는 거예요.

아들이 '엄마, 스님 책 좀 구해 주세요.'
그렇게 말하도록 해야 해요.
상대방이 이런 마음이 일어나도록 내가 먼저 변해야 합니다.
이것이 정법입니다.

행복과 불행, 다 자기가 만든다네

자기 생각에 사로잡히면
부모가 부모같이 안 보이고, 애들이 애들같이 안 보여요.
그러니까 부모하고도 싸우고, 애하고도 싸웁니다.
남편하고도 싸우고, 십년지기 친구하고도 싸웁니다.

제가 여러분한테 마음에 안 드는 소리를 하면
저하고도 금방 싸워요.
마음이 확 돌아서 버린다는 거예요.

그걸 탁 한 번 넘어봐야 돼요.
굉장한 고통이 수반됩니다.
양파껍질을 하나씩 하나씩 벗기듯이 자기꺼풀을 벗기는 게
앞이 깜깜하고 고통스럽지만
그걸 한 번 딱 벗겨 보면 마음이 편안해집니다.
강하게 움켜쥐고 있으면 있을수록 괴로워지는 거예요.

그래서 부처님께서는
'행복도 불행도 다 자기 마음이 만든다.'
즉, '일체유심조' 라고 말씀하셨어요.

'해탈이 이런 것이구나.'
자기가 직접 경험해 보아야 합니다.

마음병 고치기

공부를 하라고 하면 거꾸로 합니다.
목적지가 바로 코 앞인데
'아직도 갈 길이 까마득하네, 아이고 안 되겠다.'
하고 포기하는 마음을 내거나
출발한 지 얼마 되지도 않았으면서
'아, 많이 왔다, 이 정도면 됐지.'
하고 안주해 버립니다.

그러면 안 돼요.
안주해도 안 되고, 주저앉아서도 안 되고, 좌절해서도 안 됩니다.

나날이 조금씩 변해 가는 자기를 보면서
기쁨을 느끼며 낙관적이어야 하고
해탈 열반에 이르지 못한 자기를 보면서
더 부지런히 정진해야 되겠다고 마음먹어야 합니다.

공부를 하려면 이를 악물고 해야 해요.
모든 일에 늘 소극적이고 안주하려는
마음병을 고쳐야 해요.

어디 가서 불쌍한 생각이 들어
천 원짜리 꺼내고 싶을 때는 이천 원을 내버리고
108배를 하기 싫을 때는 300배를 해버리고
한 달을 드러눕는 한이 있더라도 삼천 배, 만 배를 해버리세요.

이렇게 일어나는 자기 마음을 '확' 건너가 버려야 해요.
그런 경험을 몇 번 하고 나면 장애가 없어집니다.

항상 내가 할 뿐

항상 내가 할 뿐
남보고 하라, 하지 말라 얘기하지 마세요.

남보고 하라고 할 때는
자기가 먼저 철저히 해야 합니다.
하더라도 가능하면 말 안 하는 게 좋고
또 하라고 할 때는 반드시 과보가 따르니
자기가 먼저 철저히 해야 합니다.

그래서 남의 인생에 간섭하지 말라는 거예요.
하라, 하지 말라 하는 게 다 간섭이거든요.
자기가 꾸준히 해 나가면 돼요.

그 대신 물으면 그때 대답해 줘요.
가볍게 "이러면 더 좋을 텐데."
이 정도의 의견만 내세요.

내가 지은 인연의 과보

나에게 닥친 어려움을 억울하고 분하게 생각하지 마세요.
내가 지은 인연의 과보이니 기꺼이 받아야지요.
그러나 이런 과보를 받고 싶지 않거든
다시는 이런 과보가 따르는 인연을 짓지 마세요.
이렇게 해야 우리의 인생이 나날이 좋아질 수 있어요.

오늘부터 열심히 기도한다고
오늘부터 좋아지는 게 아니에요.
다겁생래로 온갖 업을 다 지어왔는데 그 과보가 어디 가겠어요?
내가 오늘 기도한다고 모든 업이 다 없어지겠어요?

과거에 지은 과보를 기꺼이 받겠다고 마음내는 게 바로 기도예요.
그런 마음만 내면 오늘 당장 좋아집니다.
어떤 일이 닥쳐도 '나무 관세음보살' 하면 됩니다.
과보를 기꺼이 받겠다는 것이지요.

참회의 절 수행

'제가 부족합니다.'
'제가 잘못했습니다.'
이렇게 절을 하면 수행이 되지만
'300배다, 500배다.'
횟수를 정하고 절을 하면 극기 훈련이 되어 버립니다.

'여보, 제가 부족합니다. 제가 잘못했습니다.' 하면
참회가 됩니다.
이왕 하는 절, 참회하며 해야 합니다.
몸도 숙이고 마음도 숙이고,
뉘우치는 마음을 내서 절을 해야 합니다.

좋은 일

좋은 일이라면 득실에 상관 없이
마땅히 해야 합니다.

그런데 여러분은 좋은 일 하고
칭찬 받으려고 생각했는데
칭찬은 커녕 비난이 따를 때 괴로워합니다.
복 받겠지 생각했는데
복은 커녕 비난과 재앙이 따를 때 괴로워합니다.

좋은 일 한다고
반드시 행복하지는 않습니다.
좋은 일 그 자체가 중요한 게 아니라
어떤 마음으로 하느냐가 중요한 것입니다.

비난이 복이 되는 법

미꾸라지 살려 주면서, 거북이 살려 주면서
'복 물어 와라, 복 물어 와라, 10배 1,000배 10,000배 물어 와라.'
이렇게 생각하잖아요.

흥부 놀부 얘기 알지요?
제비가 다리가 부러져 고통스러워하니까 흥부가 치료해 줬어요.
복을 가져다 달라고 치료해 준 것이 아니에요.
불쌍해서 그냥 치료해 줬어요. 그런데 복이 온 거예요.
그런데 옆에서 구경하던 놀부가 복 받을 욕심에
일부러 제비 다리를 부러뜨려 치료를 했단 말이에요.
이게 지금 우리가 바라는 복이에요.

무주상 보시하면 복 받는다고 하니까
이름을 쓰라고 해도 안 쓰려고 합니다.
왜 그럴까요? 혹시 복이 적어질까 싶어서 그래요.
그런 마음을 먹는 게 이미 올바른 태도가 아니에요.

무주상 보시는 이름을 쓰고 안 쓰는 문제가 아니라
마땅히 내가 해야 할 일로 하는 거지
뭘 바라고 하는 게 아니라는 얘기예요.

아무 바람이 없는 흥부에게는 복이 돌아오고,
그렇지 않은 놀부에게는 재앙이 돌아왔잖아요.
인과법을 믿는다면, 지은 인연 그대로 오기 때문에
좋은 인연을 지으면 좋은 과보가 오는 걸 믿으면 돼요.
좋은 과보가 올지 안 올지 두려워할 필요가 없다는 말이에요.

오늘 안 오면 내일 올 거고
이생에 안 오면 다음 생에 올 것입니다.
그런데 좋은 과보가 오기는 커녕 비난이 왔다 칩시다.
부처님은 그걸 비난이 온 게 아니라 복이 왔다고 하셨어요.
원래 마흔 살밖에 못 살 과보인데 욕 한 번 얻어먹고 쉰 살까지 산다면
그것보다 더 큰 복이 없는 거지요.

제법이 공한 도리를 깨치는 공덕

금강경을 한 번이라도 수지 독송하면
아니 사구게만이라도 수지 독송하면
그 공덕이 이루 헤아릴 수 없다고 했습니다.

금강경에 보면,
아침에 중생을 위해서 내 목숨을 버리고
점심에 중생을 위해서 내 목숨을 버리고
저녁에 중생을 위해서 내 목숨을 버리고

이렇게 365일.
그것도 넘어서서 겁의 세월을 통해서
그것도 강가 강의 모래알 수만큼 많은 겁을,
그것도 넘어서서 강가 강의 모래알 수만큼 많은 강,
그 강의 모래알 수만큼 많은 겁 동안에
그렇게 많은 목숨을 던져서 보시를 했다면
그 복은 이루 헤아릴 수가 없겠지요.

그런데 그렇게 이루 헤아릴 수 없는 공덕도
제법이 공한 도리를 깨치는 공덕에 비하면
한갓 하찮은 복에 불과한 것입니다.

제법이 공한 도리를 깨치는 그 공덕은
그 복하고는 비교가 안 되는
한량 없는 복이라는 것을 아셔야 합니다.

기꺼이 받아들여라

자기 생각을 딱 내려 놓고 계속 밀고 나가는 것이
신앙이고, 수행입니다.
지금부터 무슨 일이 생기든지
부처님이나 관세음보살님이 알아서 하시니까
이런 일이든, 저런 일이든
내 생각대로 하지 말고 기꺼이 받아들이세요.

내가 과거에 했던 행위가
좋다 나쁘다 너무 따지지 마세요.
내가 비록 바람을 피웠든, 도둑질을 했든
그것은 옛날 일이잖아요.

옛날 일을 가지고
'내가 바보같이 그때 왜 잘못했을까?' 이런 생각은 하지 말고
'인연의 과보를 기꺼이 받겠습니다.'
이렇게 마음을 내야 합니다.

인연 과보를 기꺼이 받는 마음을 내야

다시는 그런 인연을 짓지 않겠다는 원이 생기는 거예요.

요리조리 피해 다니려고 생각하지 마세요.

그냥 큰 길로 가겠다는 마음을 내세요.

그러면 인생이 편해져요.

인생이 편해지면 세상이 보입니다.

간절하게 기도하세요

아들 얘기는 하지 마세요.
아들 얘기하는 것은 수행이 아니에요.

내가 내 기도문에 맞춰서 부지런히 정진을 하면
첫 번째, 내가 좋고
두 번째, 나와 인연 있는 사람이 다 좋아져요.
그러니 내 기도문대로 기도하세요.

지금 어려움이 닥쳤으니
'내가 기도를 제대로 안 해서 그렇구나.' 하고 알았으면
오늘부터 간절하게 기도하면 돼요.
"우리 아들 병 낫게 해주세요."
죽기 살기로 기도해 보세요.

기도하면서
'내가 기도문에 집중하지 못했구나.
내가 기도를 간절하게 안 했구나.
내가 나를 제대로 못 봤구나.'
이 점을 깨달았으면
'아들의 병이 방편이 되어 나를 법에 귀의하게 만들어 주셨구나.
날 깨우치게 하려고 아들이 고생하는구나.'
이렇게 간절하게 마음을 돌이켜 기도하세요.

기도는 간절하게 해야 합니다.
너무 간절해서 옆사람이 보고 감동을 할 정도로요.
하늘이 보고 감동을 해야 기적이 일어납니다.

여보, 어떤 일이 있더라도

우리가 결혼할 때 어떻게 서약을 하나요?

'좋은 일이 있거나, 나쁜 일이 있거나
어떤 일이 있더라도 서로 아끼고 사랑하며 돕겠습니다.
그래서 검은 머리가 파뿌리처럼 하얗게 될 때까지
서로 아끼고 사랑하겠습니다.'
이렇게 맹세를 했지요?

그런데 지금
돈 잘 벌어 주면 끝까지 살고, 돈 못 벌면 차버리고 있어요.
어려울 때 보살펴 주어야 고마운 일인데,
지금 자기만 살려고 도망을 가고 있어요.
이것은 그 사람의 문제가 아니고 내 마음의 문제예요.

사업을 하다 부도가 나면 옆에 있는 사람보다 본인이 더 답답할 겁니다.
가족 두고 여기저기로 도망 다니면 도망 다니는 사람 마음은 편할까요?

내가 살기 바쁘고 힘들어도 남편의 마음을 깊이 헤아려
미워하고 원망하기보다는
오히려 위로의 말을 하세요.
'여보, 어떤 일이 있더라도 내가 애들 잘 키우고 돌볼 테니까
당신 몸이나 성하게 지내세요.'
솔직히 사랑하는 남편이 도망 다니는 게 더 나아요,
감옥 가는 게 더 나아요?
감옥 안 가고 도망 다니고 있는 것만 해도
감사하는 마음을 내서 격려해 주세요.

'나는 이 고생 하는데 모든 빚은 다 나한테 떠넘겨 놓고 도망 다니면서
나를 버리고 여자까지 만나고 다니는 일은 정말 용서할 수 없다.'
이렇게 생각하지 마세요. 이렇게 생각하면 끝이 없어요.
그냥 내 남편이라는 생각을 떠나서
내 아들이 도망 다닌다고 생각해 보면 다 이해되는 인생이에요.
남편이 잘했다는 게 아니라 이해되는 인생이라는 것이지요.

다만 도와 줄 뿐입니다

우리는 인도에 가서
부모가 보살피지 않고 버린 아이들,
부모가 능력이 없어서 돌보지 못한 아이들을 모아서 돌보아 줍니다.
그것처럼 그냥 돌볼 뿐이어야 해요.

'내가 너희들을 돌봐 주니까
너희들은 앞으로 스님이 되어라,
너희들은 뭐가 되어라.'
이렇게 생각하면 안 돼요.
이것은 화를 자초합니다.

앞으로 배신당할 인연을 내가 짓는 것이에요.
도움이 필요한 아이이기 때문에 다만 돕는 거예요.

스스로 떳떳해야 합니다

부모가 스스로 떳떳해야 아이가 떳떳해집니다.

아빠가 술 마시기 때문에 아이한테 문제가 생긴 게 아니에요.
"너희 아빠는 술 먹고 늦게 들어오는 나쁜 사람이야."
엄마가 이렇게 말하기 때문에 아이에게 문제가 생기는 거예요.

집이 가난하기 때문에 애들에게 문제가 생기는 게 아니에요.
엄마가 가난에 대해서 늘 열등의식을 가지고
창피하게 생각하고 비굴하게 살기 때문에
애들이 마음의 상처를 입어 심성이 삐뚤어지는 거예요.

가난한 가운데서도, 천막을 치고 살아도 엄마가 떳떳해야 해요.
자기 삶에 대해서, 자기 생활 방식에 대해서 애들에게 떳떳해야 해요.

회사가 부도나고 명예퇴직을 하여 생활이 어려워도
그것을 숨기고 애들한테 돈을 계속 보내주고들 하는데 그러면 안 돼요.

그러면 나중에 오히려 나쁜 과보를 받습니다.

책임을 떠넘겨도 안 되고,

혼자 모든 어려움을 떠안아도 안 된다는 거예요.

"사정이 이렇게 됐다, 어떻게 하면 좋겠느냐?"

가족이 모여 회의를 해야 합니다.

"내가 최선을 다하면 여기까지는 감당할 수 있는데

더 이상은 할 수가 없구나. 이게 현실이다."

이렇게 말해야 합니다.

"아빠, 그러면 내가 학교 휴학할게, 내가 아르바이트할게."

"그래, 너희들이 그렇게 좀 해 다오. 아빠도 열심히 더 노력해 볼게."

이렇게 할 때 가족이 건강해집니다.

갈등이 있다가도 이런 불행이 닥치면서 오히려 가족이 화목해집니다.

이게 수행의 힘입니다.

자유로운 삶

기도를 좀 더 해야 합니다.
기도를 하라는 것은
절을 더 하라든지 경전 공부를 열심히 하라는 게 아니에요.

마음이 조금 더 편안해져야 합니다.
아직도 옳고 그르고, 맞고 틀리고
이런 분별하는 마음을 꽉 움켜쥐고 애쓰고 있어요.
움켜쥔 마음을 놓아야 합니다.
그걸 놓아야 자연스럽게 된다는 말이에요.

인생살이라는 것, 물 흘러가는 것과 같아요.
물은 평지를 흐를 때는 조용히 흐르고
고이면 그냥 고요하고
폭포를 만나면 떨어지고
경사진 곳을 만나면 빠르게 흐릅니다.

인생을 사는 동안

때로는 거절당할 때도,

때로는 싫어하는데 해야 할 때도,

때로는 남 비위를 맞춰야 할 때도 있어요.

내가 거슬러 갈 때도, 순종할 때도, 긍정할 때도, 부정할 때도

이 모든 경우에 자유로워야 합니다.

긍정은 하는데 부정은 못한다,

부정은 하는데 긍정은 못한다,

순종은 하는데 거스르지는 못한다,

이런 건 다 부자유스러운 거예요.

절

자기 발전을 위해서 참회기도를 할 때
부처님이 자신의 못된 성품을 고쳐 주기를 바라는 것이 아닙니다.
얼마만큼 주체가 되어서 스스로의 허물을 인정하고
고치려고 노력하느냐에 따라 자기 개조가 이루어지는 것입니다.

참회기도의 효과는 마음가짐에 따라서
빨리 나타나기도 하고 늦게 나타나기도 합니다.
속마음으로는 자신의 못된 성품을 전혀 인정하지 않으면서
"못된 성품을 버리겠습니다."라는 말만 되풀이하며 절을 한다고 하여
기도가 되고, 내가 변하는 것은 아닙니다.
진실한 마음이 없는 기도는 다리운동은 될지언정
10년을 한다 해도 아무런 기도의 효과를 얻을 수 없습니다.

그렇다고 단순히 자신의 허물을 고치겠다는 마음만 지닌 채
아무 노력 없이 시간을 흘려 보낸다면
절대 자신의 개조나 발전은 이룰 수 없습니다.

시간이 얼마나 경과되었느냐 보다는
자신이 얼마나 올바르고 효과적으로
노력했느냐에 따라 그 결과가 나타납니다.

'꼭 해야 되겠다.' 는 자기 결심을 나타내는 데는 절이 좋습니다.
두 무릎과 두 팔꿈치와 이마를 땅에 붙여 예배하는 오체투지의 절은
자기의 아만심을 완전히 버리겠다는 적극적 표현입니다.
가만히 편안한 자세로 앉아 입으로만 참회를 하는 것보다는
절하면서 기도할 경우에 자각심이 더 깊어지게 됩니다.

몸 전체를 사용하여 엎드리고 일어남을 반복하는 절을 하면
육체에 자극이 되고 순간적으로 피가 머리로 쏠리게 되어
뇌세포에 영양이 공급됩니다.
그렇게 머리가 맑아지는 순간 번뇌가 사라지게 되므로
그때 자신이 기도하고자 하는 말을 되뇌는 것입니다.

또 밖으로 표현하지 못한 불만을
10년, 20년 동안 품고 지내며 병으로 맺힌 것을
절하면서 풀어 냄으로써 낫게 할 수도 있습니다.
물론 요가나 체조 등으로 스트레스를 푸는 경우도 있지요.
그러나 자기를 비우며 반성하는 마음의 자세와
육체적 행위와 결합된 행동인
절이 갖는 효과는 일반 체조와는 전혀 다름을 아셔야 합니다.

참회기도를 통한 자기 개조는 늘 이루어져야 하겠지만
일반적으로는 특정한 목적을 두고 기도하는 것이 효과적입니다.

우리는 처음에 기도를 시작할 때는
정말 고쳐야겠다는 절실하고 급박한 마음이지만
얼마 동안 하다 보면
'오늘 하루만 쉬고 나중에 하루 더 하면 되겠지.' 하는 꾀가 생깁니다.

이렇게 기도를 하다 보면
꼭 그 기간 안에 안 해도 되지 않겠나 하는 생각이 들고
기도를 계속할 수 없는 육체적인 병이나
어떤 어려운 여건을 핑계 삼아 도중에 멈추기 쉽습니다.
이때 오히려 그 장애를 극복하고
처음의 마음을 끝까지 유지한다면
그 과정 속에 힘이 생겨나고
그 힘이 잠재의식에 크게 영향을 미치어
마음의 집중도는 더 강해집니다.

결과적으로는 기도 효과가
빨리 나타나게 됩니다.

즉문즉설에 대하여

무엇이든 물어라!

부처님은 깨달음을 얻고 난 후 45년 동안 하루도 쉬지 않고 깨달음의 내용인 법(Dharma)을 전했습니다. 비가 많이 내리는 우기에는 약 3개월 동안 한 곳에 머물러 정진하는 안거(安居)를 했습니다. 그 외의 시간에는 한 곳에 오래 머물지 않고 마을에서 마을로, 도시에서 도시로 이동하면서 사람을 만나고 법을 전했습니다.

부처님이 제자들과 함께 어느 마을에 도착하면 마을 어귀의 망고나무 숲이나 보리수 아래에서 선정에 듭니다. 부처님이 오셨다는 소문을 듣고 망고나무 숲의 주인은 부처님을 찾아와 꽃으로 공양 올리며 환영과 감사의 인사를 합니다. 그리고 그 주인이 마을사람들을 위해 깨달음의 법문을 요청하면 부처님은 진리의 말씀을 전해 줍니다. 그 법문을 듣고 감동한 사람들 가운데 어떤 이는 부처님과 부처님의 제자들에게 식사를 대접하고자 자기 집으로 초대합니다.

부처님은 침묵으로 승낙하고, 이튿날 아침에 그 집으로 가서 공양을 받습니다. 공양을 마치고 나면 공양을 올린 이는 가족들과 함께 부처님께 질문을 하거나 하소연을 합니다. 또 그 모습을 보거나 내용을 듣고 의문이 있어 질문하는 제자가 있습니다. 이때 부처님께서는 자상하게 답을 해줍니다.

식사 초대가 없는 날은 마을로 들어가 차례대로 일곱 집을 찾아가서 밥을 얻습니다. 일곱 집을 모두 가지 않았는데 음식이 충분히 얻어지면 그냥 돌아옵니다. 일곱 집을 다 갔는데도 음식을 얻지 못하거나 부족해도 그냥 돌아옵니다. 일곱 집 이상은 가지 않았습니다. 그리고 원래 머물던 마을 어귀의 망고나무 숲으로 돌아와 대중들과 둘러앉아 공양을 합니다. 이때 많이 얻어온 사람은 적게 얻어온 사람과 나누어 먹습니다. 또 아파서 얻으러 가지 못한 사람에게도 나누어 줍니다.

공양이 끝나면 둘러앉아서 제자들이 부처님께 질문을 합니다. 수행을 하는 과정에서 생기는 많은 문제들을 부처님께 여쭙게 됩니다. 이러한 제자들의 질문과 부처님의 답변을 모아 놓은 것이 경전입니다. 그렇기 때문에 경전의 내용을 보면 매우 사실적입니다. 그런데 후대로 내려가면서 부처님의 숨결과 대중들의 현실적인 어려움이 배어 있는 이야기들은 점점 없어지고, 학자들이 정리한 사상과 이념만 남아 있거나 복을 구하는 이야기로 바뀌게 됩니다. 그래서 경전을 읽으면 현실감이 없는 공허한 소리로 들리거나, 너무 어려운 소리로 들리는 겁니다. 이렇게 '경전이 너무 어렵다, 복잡하다, 현실감이 없다'는 비판을 받게 되는 이유는 부처님과 대중들의 살아 있는 숨결이 빠졌기 때문입니다.

오늘 우리는 그 부처님의 숨결을 느끼고자 합니다. 우리들도 지금 각자의 사는 이야기를 구체적으로 해야 합니다. 그리고 편안하게 이야기해야 합니다. 부처님은 육신의 기력이 다하여 열반에 드시는 순간까지도 제자들의 의문을 해소해 주려고 이렇게 말씀하셨습니다.

"수행자들이여,

의심이 있거든 마땅히 지금 물어라.

이때를 놓치면 뒷날 후회하게 된다.

내가 살아 있는 동안 그대들을 위해 대답하리라."

육신의 고통으로 힘이 들어도 제자들에게 의혹이 있으면 물으라고 재촉하셨습니다. 그러나 제자들은 부처님이 떠나신다는 큰 슬픔 앞에서 아무도 입을 열지 못했습니다. 그러한 마음을 알고 부처님이 다시 말씀하셨습니다.

"수행자들이여,

그대들이 나를 우러러보기 때문에 묻지 못한다면

그것은 옳지 않다.

마땅히 벗이 벗에게 물어보듯이 어려워하지 말고

편안한 마음으로 물어라.

이때를 놓쳐 후일에 후회하지 않도록 하라.”

여러분들도 오늘 이 자리에서 인생의 고뇌가 있고 질문이 있다면, 그냥 친구에게 고민을 털어놓듯이 편안하게 이야기하십시오. 즉문즉설(卽問卽說) 법회란 누군가가 질문을 하면 법사가 그 상황에 맞게 적절한 답을 하는 대기설법(對機說法)의 전통을 따르는 것입니다. 법회에 들어가기 전에 즉문즉설 법회의 전통과 그 내용, 그리고 일반 법회와 다른 점이 무엇인지 개략적인 설명을 한 후 이 법회를 같이 만들어 가려고 합니다.

대기설법의 전통

예를 들어, 서울 가는 길을 물었을 때, 인천 사람이 물으면 '동쪽으로 가라' 하고, 수원 사람에게는 '북쪽으로 가라' 하고, 춘천 사람에게는 '서쪽으로 가라' 합니다. 누가 길을 묻든 서울 가는 길을 일러 줍니다. 그러나 서울 가는 방향은 묻는 사람의 위치에 따라 다릅니다. 이때 '동쪽이다, 서쪽이다, 북쪽이다' 하는 것을 방편이라 하고, 이렇게 말하는 것을 방편설 또는 대기설법이라 합니다. 방편이란 조건이나 상황에 따른 가장 바른 길, 최선의 길이란 뜻입니다. 이처럼 전통적인 부처님의 가르침은 사람들이 물은 것에 대해 말씀하시는 대기설법이었고, 초기 경전인 「아함경」은 그 대기설법의 내용을 기록한 것입니다.

질문의 주제

그러면 대중의 질문은 어떤 내용일까요? 그 주제에는 제한이 없습니다. 사람들의 괴로움은 자기의 조건과 처지에 따라 다 다릅니다. 남이 볼 때는 별 문제 아닌 것이 자신에게는 가장 큰 일이고 큰 문제일수 있습니다. 언젠가 중·고등학교 선생님들이 모여 청소년 상담소를 열었는데, 학생들이 전화해서 성(性)에 대해 자꾸 물으니까 장난한다고 화를 내며 꾸중을 했다고 합니다. 학생들에게 이 문제는 장난이 아닙니다. 선생님들은 '아이들은 인생에 대해 진지하게 고민하는 것이 바람직하다. 학교교육이 이런 고민을 해결해 주지 못하고 있으니 뭐든지 도움을 줘야겠다.' 이런 생각에, 학생들이 '인생에 대한 진지한 고민'만 할 거라고 생각한 것이지요. 그러나 학생들은 인생에 대한 고민도 물론 하지만, 대부분은 자신의 신체적 변화나 성적 욕망 때문에 당황하고 괴로워합니다. 그것이 학생들에게는 중요한 문제이기 때문에 고심하다가 묻게 되는 겁니다.

인간의 고뇌에는 좋고 나쁜 것이 없습니다. 불교에 대해 알고 싶은 것만 해도, 절하는 방법에 대해 알고 싶은 사람, 탱화에 대해 알고 싶은 사람, 또 교리에 대해 알고 싶은 사람, 불교의 사회적 참여나 환경 실천에 대해 알고 싶은 사람, 양자역학과 불교의 관계나 전통 사상과 불교의 관계에 대해 알고 싶은 사람들이 있습니다. 또 연애하다 실패했거나 세상살이에 짜증나서 사는 게 괴로운 사람, 뭔지는 모르지만 사는 게 슬퍼서 힘들어하는 사람도 있습니다.

사람마다 고뇌가 다를 뿐이지, 고뇌에 좋고 나쁨이나 수준의 높고 낮음이 있는 게 아닙니다. 그렇기 때문에 자신이 처한 환경과 조건 속에서 고뇌하는 것을 내놓고 질문하면 되는 것입니다.

대중이 주인으로 참여하는 장

대기설법은 법사와 질문자가 함께 만들어 가는 법회입니다. 질문 내용에 따라 법회의 주제가 달라집니다. 그래서 대중이 주인으로 참여하는 것입니다. 과학과 관련된 질문이면 과학 교실이 되었다가, 생활에서 괴로운 얘기가 나오면 인생상담 교실이 되기도 하고, 교리와 연관된 질문이면 철학 교실이 되기도 합니다. 또 역사와 관련된 질문이면 역사 교실이 되고, 절의 운영에 대해 묻다 보면 경영 교실이 되기도 합니다. 대중들이 적극적으로 참여할 때 활기찬 법회노 가능합니다.

신뢰의 장

즉문즉설의 대기설법 법회에서는 법사의 대답이 질문에 따라 다양하게 나올 수 있습니다. 질문자가 장황하고 길게 열심히 질문하였지만 법사가 아무 말 안 할 수도 있고, 그냥 웃을 수도 있습니다. 그래도 그것이 대답이라는 것을 받아들여야 합니다. 대답을 안 하는 것은 질문자가 대답을 듣기보다는 자기 이야기를 하소연하고 싶을 때가 있는데, 그때는 그 사람의 이야기를 들어 주기만 하면 되기 때문입니다. 특별히 대답할 필요가 없는 질문일 때도 있고, 반대로 법사가 공격적으로 되물을 때도 있습니다. 질문자는 법사의 되묻는 질문도 대답의 한 방법으로 받아들여야 합니다. 이처럼 법회에서 대답을 하든지 안 하든지, 대답이 어떤 방식을 취하든지 대중은 '대답의 한 방법'으로 받아들이며 법사를 신뢰하는 마음이 있어야 합니다.

그리고 질문자는 자기가 원하는 대답을 듣겠다는 생각을 버려야 합니다. 자기가 원하는 대답을 듣겠다고 한다면 굳이 질문할 필요가 없기 때문입니다. 몰라서 물었다면 자기가 원하는 대답은 없을 것이라는 것을 알아야 합니다.

질문자와 청취자의 태도

질문자가 잘난 체하려는 경향이 있으면 이 법회는 경직되기 쉽습니다. 그러면 질문이 잘 안 나옵니다. '질문을 잘해야 하는데……', '저런 걸 질문이라고 하나', '질문하려면 적어도 이런 걸 해야지' 하는 생각을 하거나, '이런 질문을 하면 사람들이 날 보고 뭐라고 할까' 하는 생각을 하거나, 칭찬 받으려는 심리가 작용하면 질문이 잘 안 되고, 문답을 하다가 논쟁으로 흐르기 쉽고, 또 질문하고 나서 '사람들 보는 앞에서 창피만 당했다. 괜히 했다' 하고 후회하게 됩니다. 그러니까 그런 생각을 내려놓고 질문해야 합니다.

또 이 법회를 만들어 가면서 주의할 점은 이 자리에서 있었던 얘기는 이 자리에서 끝내야 합니다. 남편 있는 여자가 애인이 생겨 그것 때문에 괴로워서 질문을 했는데, 법회를 끝내고 나가면서 '그 여자, 그럴 줄 몰랐다'는 식으로 비난하거나, 법사가 대답으로 거친 표현을 했을 때 '스님이 어떻게 그런 심한 말을 할 수가 있어!' 하고 마음에 담아 두어서는 안 된다는 것입니다.

질문은 어떤 것이든 자기 고민을 해결하고 행복한 삶을 얻기 위해 하는 것이고, 그런 번뇌는 '옳다 그르다, 정당하다 비난받아야 한다'고 따질 수 없기 때문입니다. 그리고 대답은 법사의 입장에서 가장 효과적인 것을 선택한 것입니다. 예를 들어 큰 소리로 거친 표현을 쓴다면 그것이 그 상황에서 질문자에게 가장 효과적인 방법이라 판단해서 그렇게 하는 것입니다. 그래서 그걸로 끝나야 합니다. 그렇지 않으면 남에게 보이기 위한 질문과 겉만 번드르르한 응답을 하는 분위기로 변해 구체적인 삶의 문제를 단도직입적으로 얘기할 수 없게 됩니다.

이렇게 진행하다 보면 법회가 난장판이 될 수도 있습니다. 괴팍한 사람들이 와서 행패를 부리거나, 시비를 거는 경우 등 여러 형태로 전개될 수 있습니다. 그 가운데 가장 못한 경우가 여러분이 질문을 하지 않는 것인데, 우리는 그런 경우까지도 인정해야 합니다.

살아 있다는 것이 행복입니다

김병조 _ 방송인, 조선대 초빙교수

우리는 흔히 알아들을 수 없는 말을 할 때 선문선답(禪問禪答)하듯 한다고 한다. 이 말은 그만큼 불교가 어렵고 이해하기 어려운 종교라는 뜻의 반증이기도 하다. 사실 많은 사람들이 불교가 너무 어렵고 현학적(衒學的)이고 불교에는 뜬구름 잡는 이야기가 많다고 말한다.

필자도 불자의 한 사람으로 그런 생각이 들 때가 한두 번이 아니었다. 좀 더 쉬울 수는 없을까? 피부에 와 닿듯 느낄 수는 없을까? 산중(山中) 언어가 아닌 시중(市中)의 언어로, 고어체(古語體)가 아닌 일상의 언어로, 남녀노소, 지식의 유무(有無), 지위의 고하(高下)를 막론하고 모든 이들이 이해하기 쉽게 설명하는 길은 없는 것일까?

그러나 이 어찌 반가운 일이 아니랴. 정토회에서 활동하는 딸아이의 소개로 귀한 법륜스님의 법문을 테이프와 법회를 통해 듣고, 특히 즉문즉설(卽問卽說)을 듣고 내 생각이 잘못 되었음을 알게 되었다.

'즉문즉설' 이란 문자 그대로 즉석에서 묻고 즉석에서 답하는 형식이다. 우선 스님께서 법상(法床)에 오르시고 일갈(一喝) 하신다.

"무엇이든 물어라!"

그러면 쪽지를 통해, 육성을 통해 온갖 질문이 쏟아진다. 그런데 막상 질문이라는 것들을 들어 보면, '도가 무엇입니까?' '왜 삽니까?' 라는 본질적인 문제보다는 일상에서 일어나는 작은 것들이다. '남편이 변했습니다.' '직장에서 왕따를 당했습니다.' '아이가 말대꾸를 합니다.' 심지어 이성 문제까지도……

마치 오랜만에 찾아오신 친정어머니께 딸이 하소연하듯 질문을 던진다. 그러다 보니 어떨 때는 '어쩌면 저런 문제까지도 바쁘신 스님께 물어 보는가?' 라고 말할 정도의 자질구레한 문제까지도 묻는다.

그러나 스님은 그 어떤 질문에도 차등을 두지 않으시고, 즉문즉설 그대로 일순(一瞬)의 막힘도 없이, 마치 그 질문을 기다리고 계셨다는 듯이 시원하고 명쾌한 답을 주신다. 그것도 쉬운 말로, 손에 잡힐 듯이, 눈에 보이듯이 설명해 주시고 깨우쳐 주신다. 때로는 질문자와 함께 마음 아파하시며, 때로는 할머니처럼 보듬어 주시며, 때로는 어린 아이처럼 웃으시며, 부드럽고 자상한 목소리로 자비의 법문을 주신다.

필자의 일천(日淺)한 경험을 통해 느끼는 바이지만, 어렵게 가르치는 게 사실은 쉽다. 쉽게 가르치는 게 사실은 어려운 법이다.

대지약우(大智若愚) 큰 지혜는 일견 어리석어 보이고, 대교약졸(大巧若拙) 큰 재주는 일견 치졸해 보이며, 대변약눌(大辯若訥) 큰 웅변은 일견 어눌해 보인다 하지 않았던가. 나는 이 명언을 스님의 법문을 통해 확인한다.

더욱 즉문즉설이 주는 더 큰 가르침은, 질문하는 그 내용들이 질문자만의 문제가 아니라 내 문제로 와 닿는 데 있다. 질문은 옆 사람이 하는데 마치 내가 하는 느낌이요, 해답을 주시는 스님의 말씀이 내게 주시는 말씀으로 와 꽂힌다는 것이다. "맞아!" "아! 그렇구나." "난 정말 행복한 사람이구나." "그래 살 만한 가치가 있어."

스님은 말씀하신다. "모든 것은 나로부터 온다." "상대를 위해 참회하고 기도하라." "순간순간을 알아차려라."

한 말씀 한 말씀 들을 때마다 자신을 돌아보게 만들고, 살아 있음에 행복을 느끼게 만드는 스님의 법문.

이러한 큰 스승이 우리 곁에 계시니 우리는 진정 복받은 사람들이다.

인생이 즐거움을 깨닫게 되다

백경임 _ 동국대 사범교육대학장, 한국불교상담학회장

나는 내 인생에서 불교를 만난 것을 가장 큰 행운으로 생각하고 있다. 어려서부터 불교의 품안에서 자랐으며, 대학 시절부터 불교단체에서 활동해 왔다. 그런 내 인생에서 법륜스님은, 2500여 년 전의 부처님의 가르침이 지금 내 삶에서 빛을 발하도록 해주신다는 점에서, 특별하신 분이다. 부처님이 존경과 신앙의 대상에만 머무르지 않고, 부처님의 가르침이 내가 안고 있는 문제에 적용되어 그 문제가 해결되는 기쁨을 알게 해 주셨다.

스님께서는 즉문즉설에서 우리의 마음을 훤히 비추어 그 얽힌 문제의 고리를 정확히 찾아 주신다. 그래서 나를 괴롭히는 문제가 왜 상대방 때문이 아니고 '내 마음이 문제' 인지를, 또 상대방의 행동에 '내가 왜 괴로운지' 원인을 알아차리게 하신다.

우리는 누구나 자신의 약점에 직면하면 두렵고, 그 상황을 회피하고 싶어한다. 또 문제의 원인이 나에게 있음을 인정하는 것은 억울하게 느낀다. 그러나 스님의 가르침대로 내가 지금 괴로워하고 있는 그 일이 인과법의 결과임을 받아들이게 되면, 갈 길이 멀어도 해결의 희망을 갖게 된다. 그럼 마음이 가벼워진다. 그래서 기꺼이 수행과 정진을 일상에서 받아들여 기도하는 삶을 살게 된다. 업을 거스르는 정진의 시간이 괴롭고 힘들어도 정진 후에 내 마음이 조금은 더 편안해지고 자유로워지는 변화를 실감하게 되면, 공부를 싫어하던 아이가 공부에 재미를 붙이듯이 수행을 즐기게 되고, 삶은 긍정적으로 바뀌게 된다.

인생의 황혼녘에 돌아갈 길이 바빠도 이 법문을 지니고 있다는 것은 얼마나 다행인가!

세세생생 끌고 온 이 업을 바꿀 수 있다면 얼마나 큰 기적인가!

참으로 감사한 일이다.

삶에서 살아나는 부처님의 가르침

김용주 _ 변호사

변호사라는 직업의 특성상 나는 많은 사람들을 만난다.

대부분의 경우, 사람들은 법적인 해결방법을 찾고자 나를 찾아오는
데 이야기를 나누다 보면 법적인 해결방법이 최선의 방법이 아니라고
생각되는 경우도 있다. 이러한 때에 나는 좀 다른 조언을 한다.

남편이 바람을 피워 못살겠다면서 이혼소송을 해 달라는 분에게는
법륜스님의 '즉문즉설' 책을 권하기도 하고, 돈을 못 받아 괴로워하면
서 돈을 받아 달라고 찾아오시는 분에게는 법륜스님의 법문 테이프를
권하기도 한다.

군이 소송을 하겠다는 의뢰인들에게 법륜스님의 책과 테이프를 권하는 것은 나 또한 법륜스님의 법문을 통하여 삶 속에서 일어나는 많은 고민들을 해결할 수 있었고, 자유로운 삶, 행복한 삶을 살 수 있는 방법을 깨달았기 때문이다.

대부분의 의뢰인들은 지금 자신이 겪고 있는 문제에 화가 나고 감정이 앞선 가운데 합리적인 해결방법을 찾지 못하게 되는데 법륜스님은 '모든 것은 나로부터 시작된 것'이며 가장 중요한 것은 '내가 지금 행복해지는 것'이라는 가르침을 주신다.

나의 권유를 받아들인 의뢰인들이 한결 편안한 마음으로 자신의 문제를 되돌아보고 스스로 자신의 문제를 해결해 가는 모습을 바라보노라면 올바른 가르침이란 것이 얼마나 중요한지를 절절히 느끼게 된다.

이제 스님께서 하신 즉문즉설 법회의 내용이 책과 CD로 발간된다니 반가운 일이고, 이를 통하여 많은 사람들이 '지금 여기, 있는 그대로' 행복할 수 있는 방법을 알아가기를 간절히 바란다.